吐司忍者

苅田澄子／文　木果子／圖　米雅／譯

這裡是一片祥和的麵包村，
紅豆麵包、咖哩麵包、克林姆麵包、
巧克力麵包、蒸麵包、葡萄乾麵包等等，
各種口味的麵包都住在這裡。

波蘿麵包大人的城堡就在村子的正中央。

「來人啊！吐司忍者在嗎？」

波蘿麵包大人一出聲叫喚……

「大人，小的在此。」
啾的一聲，吐司忍者突然
從榻榻米的縫隙間飛竄出來。
「啊，被你嚇一跳！
你就不能正常一點出現嗎？」
「驚動到大人，請大人見諒！」

「我聽到一個壞消息，
隔壁米飯村的米飯們
好像想要來攻打我們麵包村。
你去幫我調查一下。」

「遵命！吐司忍者使命必達，
請大人等候小的回報狀況。」

月亮被雲遮住的夜晚啊！
嗒嗒嗒嗒嗒——
吐司忍者衝衝衝！

「變身術！」
巧克力醬，塗塗塗──
白淨的臉瞬間變得黑滋滋。

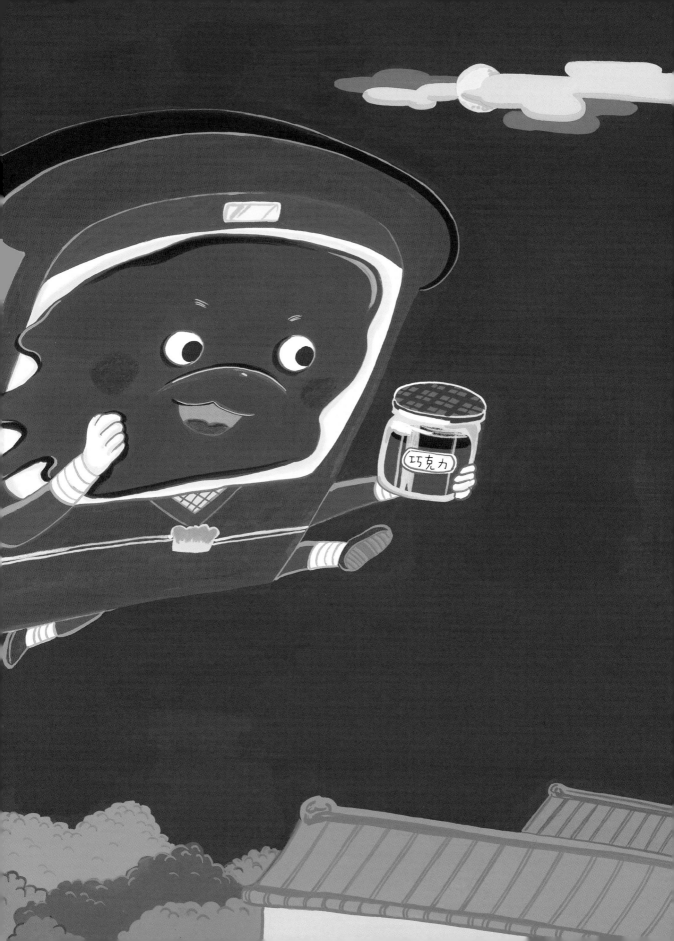

吐司忍者來到米飯村了。
「細縫穿越術！」
窣窣窣——
身體變薄，就連窄窄的縫隙，
也能輕鬆的穿過去。

「鑽洞術！」
鑽鑽鑽——
就連小小的洞，也能輕鬆的鑽進去。

「飛火術！」
飄飄飄——
稍微烤一下，
這種狀態
剛剛好。

吐司忍者只有一個缺點。
「在下不喜歡水。
一旦身體吸了水，我就會變得軟趴趴的。」

吐司忍者
終於潛入了米飯村的城堡。
「呼！終於進來了。」

從閣樓的縫隙往下一看，
米飯們正忙著竊竊私語。
什麼？
你說聲音那麼小，又離得這麼遠，
吐司忍者哪可能聽得到內容？
哎呀呀，完全不成問題！
因為啊……

吐司忍者聽力好得很！
你看，吐司的邊邊就是吐司的耳朵。
他有一大圈耳朵呢！

來吧，
大家一起跟著吐司忍者
豎起耳朵仔細聽聽看。

「米飯會議開始嘍！」
「絕對不能被麵包們發現！」
「豬排丼大力士，
就由你去麵包村的城堡裡
把它偷過來吧。」
「嘿！沒問題！」

「他們到底想偷什麼呢？」
吐司忍者忍不住探出頭來，
沒想到，就在那瞬間⋯⋯

「啊──」
他從狹窄的縫隙摔了下來！

「敵人入侵──！」

叩噹鏘──

米飯大人一拿起筷子敲碗……

嘩咻嘩咻嘩咻
米飯的好搭檔——
味噌湯忍者立刻挺身向前！
「味噌湯潑灑術！」
味噌湯忍者斜著身上的碗
嘩咻嘩咻的往吐司忍者一步步逼近。

「這味噌湯可要好好的潑灑在
他軟綿綿的身體上！」
「不、不行啊！我會變得軟趴趴的啦！」
這下子，吐司忍者大難臨頭了！

「好吧！看我的必殺技，分身術！」
切切切切切切切切——！
「吐司，變八片——」

「哇啊！吐司忍者變成八片了！」
味噌湯忍者嚇一跳，
跌得四腳朝天，啪唰——！
味噌湯全灑光了！

「炸吐司邊飛鏢！」
喀咻喀咻喀咻喀咻──！

「哎喲！好痛、好痛！」
米飯們四處逃竄。
「認輸了、認輸了，饒命啊！」

「你們是不是想從麵包村的城堡偷走什麼東西？
我絕對不會讓你們得逞的！」
恢復成一片的吐司忍者說完後，
米飯大人對他鞠躬道歉。

烤飯糰
最酷！

「我的孫子們吵著想變成烤飯糰，
所以我們打算去把麵包村的烤麵包機偷回來。
孫子們可愛到讓我失去了理智，
實在對不起啊！」
「原來如此。
既然這樣，我回去幫你們拜託一下
波蘿麵包大人吧！」
吐司忍者微笑著說。

隔天，
麵包村舉行了一場慶典，
米飯村的米飯們也受邀參加，
好熱鬧啊！
「爺爺！你看、你看！
我們變成烤飯糰嘍──」
「哇喔！太好了！」

吐司忍者使出渾身解數幫忙助興。

「吐司忍者秀要開始了！變八片分身術！」

切切切切切切切切——！

「哇啊！厲害！太厲害了！」

大家都熱烈的為吐司忍者鼓掌。

「果然還是和平相處最美好了！」

苅田澄子／文

原任職於出版社，成為自由編輯之後，在兒童文學作家小澤正先生門下學習創作童話。
主要作品有《男爵薯國王和五月皇后》（三民書局）、《年糕去澡堂》、《年糕去海邊》（道聲）、《老虎卡車》（維京）、《大佛運動會》（小光點）及「妖怪醫院」系列、《內褲一街》（日本金之星社）、《氣呼呼的餃子》（日本佼成出版）、《地獄拉麵店》（日本教育畫劇）等。

木果子／圖

出生於廣島，現居奈良。畢業於京都精華大學美術學系。
繪本作家養成工作坊「後先塾」第十四期結業生。國際學院繪本教室修畢。
繪本作品包括：《小獅子的鬃毛》（三民書局）及《倫巴的蛋》、《梅干君的家》、《小鬼摩奇：我敢去上廁所了》（日本光之國）、《麵包巴士》（日本教育畫劇）等。

© 吐司忍者

文字／苅田澄子　繪圖／木果子　譯者／米雅
發行人／劉振強　出版者／三民書局股份有限公司
地址／臺北市復興北路 386 號（復北門市）　臺北市重慶南路一段 61 號（重南門市）
電話／02-25006600　網址／三民網路書店 https://www.sanmin.com.tw
書籍編號：S858991　ISBN：978-957-14-6668-2
2019 年 8 月初版一刷　2022 年 8 月初版三刷
※ 本書如有缺頁、破損或裝訂錯誤，請寄回本公司更換。
※ 有著作權，不准侵害。

小山丘官網